# Eu sou uma noz

**BEATRIZ OSÉS**

Ilustrações de Jordi Sempere

Tradução: Alexandre Boide

Copyright do texto © 2018 by Beatriz Osésr
Copyright das ilustrações © 2018 by Jordi Sempere

Publicado originalmente em 2018, na Espanha, por Edebé.
Obra ganhadora do Prêmio Edebé de Literatura Infantil 2018.
www.edebe.com

*Grafia atualizada segundo o Acordo Ortográfico da Língua Portuguesa de 1990, que entrou em vigor no Brasil em 2009.*

Título original: *SOY UNA NUEZ*

Projeto gráfico e composição: ANA MATSUSAKI

Preparação: FÁTIMA COUTO

Revisão: KARINA DANZA; FERNANDA A. UMILE

CIP-Brasil. Catalogação na Publicação
Sindicato Nacional dos Editores de Livros, RJ, Brasil

---

O91e

    Osés, Beatriz
        Eu sou uma noz / Beatriz Osés; ilustrações Jordi Sempere; tradução Alexandre Boide. – 1ª ed. – São Paulo: Escarlate, 2019.

        Tradução de: Soy una Nuez.
        ISBN 978-85-8382-085-7

        1. Ficção. 2. Literatura infantil espanhola. I. Sempere, Jordi. II. Boide, Alexandre. III. Título.

| | CDD: 808.899282 |
|---|---|
| 19-56374 | CDU: 82-93(46) |

Vanessa Mafra Xavier Salgado - Bibliotecária - CRB-7/6644

*7ª reimpressão*

Todos os direitos desta edição reservados à
SDS EDITORA DE LIVROS LTDA.
Rua Bandeira Paulista, 702, cj. 71D
04532-002 – São Paulo – SP – Brasil
☎ (11) 3707-3500
◾ www.companhiadasletras.com.br/escarlate
◾ www.blogdaletrinhas.com.br
◾ /brinquebook
◉ @brinquebook

*Àqueles que buscam um lugar*

# Sumário

Um caso estranno ............................................. 9
A perplexidade do juiz .................................... 14
**Rossana Marinetti** ...................................... 19
A opinião do botânico ................................... 24
**William Peterson** ....................................... 28
O desejo de uma noz ................................... 35
**Omar** ............................................................ 39
A especialista em tecidos ............................ 42
**Senhora Lambert** ...................................... 49
Olfato infalível ................................................ 56
**Omar** ............................................................ 61
Pausa para comer ......................................... 71
O gato do promotor público ........................ 73
**Omar** ............................................................ 76
Reviravolta inesperada ................................ 77
**Omar** ............................................................ 82
A confissão da senhora Lucato .................. 83
**Bruno Panatta** ............................................ 90
A história de uma amendoeira .................. 93
**Omar** ............................................................ 97
Algumas palavras da autora sobre a obra ..... 99

## Um caso estranho

O juiz Bruno Panatta se apoiou sobre os cotovelos e observou-o com toda a atenção.
— Quem é você?
O menino mal se atrevia a erguer os olhos voltados para o chão.
— Uma noz — respondeu com um fiozinho de voz.
— Perdão? — o juiz o observava, assombrado, por cima dos óculos de lentes pequenas e redondas.
— Sou uma noz — ele repetiu, mais convicto, levantando os olhos.
— Pelo jeito você não me entendeu — disse o juiz, armando-se de paciência. — Eu perguntei quem é você.

— Excelência, se me permite — interveio a doutora Marinetti, levantando-se da cadeira —, creio que meu cliente compreendeu e já respondeu à sua pergunta.

— Doutora, não queira me dar lições aqui — repreendeu-a o magistrado, ofendido, afastando um cacho da peruca branca que havia entrado em seu nariz. — Sei muito bem que não estou falando com um fruto seco.

A advogada se sentou e ficou em silêncio.

— Como é o seu nome, meu filho? — perguntou o juiz, retomando o interrogatório com interesse.

— Noz — ele insistiu.

— Ora essa, o que está acontecendo hoje? Está todo mundo louco? — o juiz protestou, dando uma martelada na mesa.

— Ele é uma noz — reafirmou Rossana Marinetti, ignorando a irritação dele.

— Então eu sou um pistache — retrucou o magistrado, furioso. — Veja bem, doutora, não sei o que ocorre aqui esta manhã. Se me permite dizer, a senhora está se comportando de uma forma estranhíssima, e esse caso sem dúvida nenhuma é um absurdo. Eu nunca tinha visto uma conduta assim da sua parte.

A advogada fixou o olhar nas pontas de suas botas vermelhas de salto, que apareciam por baixo da mesa. Bruno Panatta tinha razão. Ela estava se sentindo diferente, e o mais curioso era que não estava nem aí para isso.

— Há quantos anos nos conhecemos? — perguntou o juiz.

— Trinta e dois, Excelência.

— Pois bem, em trinta e dois anos nunca vi a senhora se comportar de um modo tão absurdo. A senhora sabe que estou prestes a me aposentar e vem aqui zombar da minha cara. Com que direito?

— Não estou brincando, Excelência.

— O que a senhora pretende com isso?

— Legalmente, esse menino é uma noz — ela afirmou de maneira enfática, virando-se para seu cliente.

— Era só o que me faltava, doutora! Essa vai ser a sua linha de defesa: "Meu cliente é uma noz"? — o juiz a imitou em tom sarcástico. — Com esse argumento — continuou, apontando com o martelo para um homem bem magrinho, vestido de preto, que havia passado o tempo todo em silêncio —, o promotor público vai massacrá-la sem piedade.

— Seria o primeiro caso perdido por mim nesta corte — respondeu a doutora Marinetti, cruzando os braços sobre o peito.

O juiz ficou calado. Por experiência própria, sabia que aquela mulher era um verdadeiro tanque de guerra judicial, com uma memória prodigiosa e um conhecimento extraordinário

das leis. Então, qual era o motivo daquela confusão toda? Apresentar seu cliente como uma noz não parecia uma boa estratégia. Apesar de que, tratando-se dela, qualquer coisa era possível.

— Muito bem, doutora. Pode começar a exposição do caso — ordenou. — Mas já vou avisando que estou irritadíssimo.

## A perplexidade do juiz

Rossana se levantou da cadeira e observou o menino sentado ao seu lado.

— Legalmente, para todos os efeitos, meu cliente é uma noz — ela afirmou, convicta.

— Protesto, Excelência! — exclamou o promotor público.

— Explique-se, doutora, e não esgote o que restou da minha paciência, que já não era muita — disse o juiz. — Vá direto ao assunto, por favor.

— Sim, Excelência — ela respondeu, pondo-se a caminhar pela sala com suas botas vermelhas. — De acordo com o artigo 564 da Lei de Propriedade Privada de 1879, ficou estabelecido que qualquer fruto de uma árvore que

caia em determinado terreno pertence ao dono da propriedade em questão.

— E daí? — o juiz a interpelou. Enquanto formulava a pergunta, não conseguia tirar os olhos das botas da advogada. O que Rossana estava fazendo com aquelas botas vermelhas, se costumava usar sempre tons sóbrios de cinza ou preto? — Não entendi — ele insistiu, desviando os olhos das botas.

— Esse menino — prosseguiu ela — caiu de uma nogueira que, por acaso, encontra-se no meu jardim. Portanto, de acordo com a lei, deve ser mantido na minha propriedade.

— Protesto, Excelência! — gritou o promotor público. — Esse menino é um órfão, e deve voltar imediatamente ao centro de acolhimento.

— O que a senhora pretende com isso, doutora? — perguntou o juiz, instigado pela curiosidade.

— De acordo com a lei, todos os frutos que caírem no meu jardim serão meus — respondeu ela.

— Protesto, Excelência! — bradou o promotor público. — Essa mulher enlouqueceu!

O juiz a encarou, contrariado. De fato, qualquer um diria que ela estava agindo como uma verdadeira maluca.

— Doutora, a senhora poderia se aproximar da banca por um instante? — pediu Panatta. — Para seu próprio bem — sussurrou, para que ninguém mais o ouvisse —, espero que sua defesa apresente algo mais sólido. Caso contrário, serei obrigado a dar razão ao promotor público. A senhora tem alguma coisa a acrescentar?

A advogada limpou a garganta e encarou o promotor público com uma expressão desafiadora no rosto.

— Eu gostaria de chamar minha primeira testemunha, Excelência.

Bruno Panatta ficou boquiaberto. Primeira testemunha? Testemunha de quê? O juiz arrumou a peruca branca, que havia escorregado para o lado quando ele se inclinara para falar com a advogada, e franziu a testa. O que a doutora Marinetti estaria tramando?

— Protesto! — repetiu o promotor público.

— Doutora — repreendeu o juiz —, nós deveríamos ter sido avisados de antemão sobre isso.

— Excelência — ela murmurou, como se confessasse um segredo —, só tive a confirmação de que essas pessoas iriam depor ontem à noite.

O juiz soltou um suspiro resignado.

— E quantas testemunhas a senhora conseguiu a favor de sua "noz"?

— Várias — ela disse, baixando o tom de voz para que os demais presentes não a ouvissem.

17

— A senhora poderia falar em termos mais concretos, doutora?

Ela se aproximou ainda mais do ouvido dele. Ao ouvir o número, o juiz ergueu as sobrancelhas, cheio de espanto. De onde haviam surgido todos aqueles depoimentos de última hora? E que artimanhas a doutora Marinetti teria utilizado para convencer as pessoas a testemunhar em juízo?

## Rossana Marinetti

Meu nome é Rossana. Mas todos me conhecem como a implacável doutora Marinetti. Nos últimos anos, depois da morte dos meus pais, já processei quase todo mundo da vizinhança. Desde então, só uso roupas e calçados pretos. Às vezes, cinza-escuro. E assim vinha sendo até que umas misteriosas botas vermelhas apareceram no chão do meu quarto, perto da minha cama.

Fiquei me perguntando como foram parar ali. Quem me presenteara com aquele par de botas? E como tinha entrado na minha casa?

"INVASÃO DE DOMICÍLIO!", pensei, coçando o nariz. Sem dúvida, era um delito grave a ponto de merecer uma denúncia formal.

Mas quem eu denunciaria? Meu vizinho, o sapateiro, nem sequer me cumprimentava depois que o processei por desrespeitar, repetidas vezes, as regras da coleta de lixo para reciclagem. Ele alegou que era daltônico, que se confundia com as cores das lixeiras. Mas nem o juiz nem eu engolimos essa justificativa. Quem eu poderia acusar, se não dispunha de provas? Além disso, uma coisa tão bonita ter aparecido no meu quarto era mesmo motivo para chamar a polícia?

Porque sou obrigada a admitir que as botas vermelhas me conquistaram de imediato. Emitiam um brilho lindíssimo. E me faziam lembrar de umas galochas de chuva que ganhei da minha mãe quando pequena. E, quase sem me dar conta, calcei o par, amarrei os cadarços e comprovei, para meu espanto, que eram do meu número. Continuei observando, ainda atônita, e soltei uma risadinha

nervosa. Fazia anos que eu não dava risada. Mas esse não foi o primeiro nem o último dos acontecimentos maravilhosos que ocorreram na minha casa durante algumas semanas. E a certa altura esqueci a ideia de fazer denúncias, porque estava encantada com tudo aquilo.

## A opinião do botânico

A primeira testemunha de Marinetti era um homem de sobrancelhas grossas e barba emaranhada que lhe davam um certo ar de cientista louco.

— Senhor William Peterson, poderia nos dizer o que faz da vida? — solicitou a advogada.

— Sou botânico — respondeu o interrogado.

— E se considera um bom botânico?

— Bem, eu me formei entre os primeiros da classe na Universidade de Glasgow.

— Ouvi dizer que essa universidade é considerada uma das melhores do mundo na sua especialidade — comentou a doutora Marinetti.

— É mesmo — confirmou o depoente.

Impaciente, o juiz Panatta se remexia em sua poltrona.

— Doutora, vamos direto ao ponto, por favor.

— Senhor Peterson, peço que observe com atenção o meu cliente e explique-nos o que vê.

O menino levantou os olhos escuros e grandes. Os dois trocaram olhares no silêncio da sala.

— Bom — pigarreou o especialista —, do meu ponto de vista de botânico, posso assegurar que se trata de uma noz.

— Protesto, Excelência — contestou o promotor público. — Isso é uma verdadeira palhaçada!

— Senhor Peterson — advertiu o juiz com toda a seriedade —, não se esqueça de que está sob juramento.

O depoente assentiu, também muito sério.

— O senhor Peterson — prosseguiu a doutora Marinetti sem se alterar nem um pouco — está aqui no papel de testemunha, e quero que ele exponha ao tribunal sua versão dos fatos.

— Eu vi com meus próprios olhos que ele caiu dos galhos de uma nogueira — declarou o homem, com toda convicção. — E posso assegurar, como especialista em botânica que sou, que a maneira como se soltou da árvore e rolou pelo chão coincide exatamente com a de uma noz.

— Isso não faz dele um fruto seco! — gritou o promotor público.

— Do ponto de vista botânico — respondeu William Peterson —, eu diria que faz, sim.

— Algo mais a declarar? — perguntou o juiz, que não conseguia acreditar no que tinha acabado de ouvir.

— Não, Excelência — disse o primeiro depoente.

— Então pode se retirar — ordenou o juiz, afastando outro cacho rebelde da peruca com um sopro forte.

De todas as bobagens que havia escutado na vida, aquela do botânico sem dúvida nenhuma era a maior!

— Excelência, a promotoria solicita um recesso — pediu o advogado de acusação.

O promotor público não entendia o que estava acontecendo, e o inesperado depoimento da primeira testemunha o havia deixado sem rumo.

Ao ouvir a solicitação, o juiz deu uma martelada na mesa e ordenou meia hora de intervalo. Ele também precisava de uma pausa para digerir a estratégia de defesa de Rossana Marinetti. Nunca tinha visto nada igual! O que parecia ser o caso de um imigrante órfão e menor de idade que deveria voltar ao centro de acolhimento estava se transformando em uma disputa pela propriedade de uma noz.

# William Peterson

**M**eu nome é William, e desde pequeno sempre quis estudar botânica. O problema era que comigo as plantas não vingavam. E, quando me formei, apesar de tudo o que havia estudado e de ser considerado um especialista brilhante, só resistiam aos meus cuidados os gerânios, os cactos e algumas árvores como o carvalho.

Naquele outono, tinha decidido plantar azaleias. Estava indo regá-las quando vi o menino cair da nogueira. Então entrei em casa para pegar o celular e pedir ajuda. Na verdade, demorei um bom tempo, porque não lembrava onde havia enfiado aquela porcaria. Para minha surpresa, quando vol-

tei ao jardim o garoto não estava mais lá. Os cachorros da senhora Marinetti tinham parado de latir e estavam deitados na grama. Não posso deixar de comentar que sou o único vizinho que ela não processou nos últimos anos.

No dia seguinte ao do incidente da nogueira, voltei a ver o menino. Estava no mesmo lugar de onde tinha desaparecido, escovando os cachorrões mastodônticos da advogada como se nada tivesse acontecido.

— Ora essa! — exclamei, apoiando-me na pequena cerca de madeira que nos separava.

— Não existe nada como uma boa tosa — ele respondeu com um sorriso.

— A minha vizinha contratou você para cuidar dos cachorros dela?

Ele não me respondeu, mas aproximou-se de mim, curioso.

— O que você está fazendo aí?

— Regando as azaleias.
— Está molhando demais.
— Você acha? — perguntei.
Ele assentiu com a cabeça, seguro de si.
— Sei lá — eu disse, sem saber se deveria abrir o jogo ou não, e aproveitei para fechar o esguicho —, é que eu tenho pena das plantas. Não tenho uma mão muito boa para isso.
— Meu pai era jardineiro e costumava conversar bem baixinho com elas. Às vezes, no fim da tarde, até cantava.

Em seguida, o menino se agachou e começou a sussurrar palavras num idioma estrangeiro. Ficou assim um tempão. Pegava as folhas entre os dedos e secava-as. Depois de alguns dias as azaleias começaram a florescer.

Reconheço que, desde aquela primeira manhã em que nos conhecemos, aguardava com grande expectativa reencontrar meu

novo e enigmático amigo. Porque a minha vida era muito solitária. E ele conhecia o segredo das plantas. Um mistério que não estava escrito nos livros. Eu preparava o café da manhã para ele e recebia como agradecimento um sorriso largo. Alguns dias depois, revelei a ele o maior segredo que conhecia sobre a casa de Rossana Marinetti.

— Debaixo daquele vaso em formato de caracol, ela guarda a chave de reserva. Para o caso de você precisar — acrescentei, imperturbável. — Ela é advogada, como você já deve saber, e passa o dia todo nos tribunais.

— Ela trabalha muito? — ele me perguntou, demonstrando interesse.

— Demais. Acho que faz isso para não pensar.

— Em quê?

— Nos pais dela, que morreram num incêndio num hotel. Pelo que sei, o prédio não

respeitava as normas de segurança. Por isso ela processou a empresa. Não conseguiu nada além de uma pequena indenização. A partir desse momento, a senhora Rossana começou a mudar.

## O desejo de uma noz

No intervalo do julgamento, o juiz chamou o menino ao seu gabinete. Queria conversar com ele a sós.

— No registro do centro de acolhimento de refugiados aparece seu nome completo. Segundo esses dados, você tem dez anos, é órfão e fugiu de lá — ele começou, buscando os olhos do menino. — Segundo sua ficha, você só está há três meses na Itália. Sou obrigado a lhe dar os parabéns — admitiu o juiz com sinceridade —, porque em pouco tempo aprendeu a falar italiano que é uma maravilha. — Enfim — continuou, como se tivesse se arrependido do que acabara de dizer —, vamos deixar de bobagem. Todo mundo sabe que

este julgamento não tem pé nem cabeça. Quem vai acreditar que você é uma noz?

— A doutora Marinetti acredita.

— A opinião dela é tão importante assim?

— Para mim é.

O juiz levantou as sobrancelhas, surpreso.

— Por quê?

— Porque eu confio nela.

— Isso não basta para vencer em um julgamento.

— Ela está se baseando numa lei italiana.

— Pelos céus! É uma lei do tempo do onça!

— Mas é uma lei, e firma jurisprudência.

O magistrado arregalou os olhos, impressionado.

— Foi ela quem lhe ensinou isso, claro. Vai saber o que mais colocou na sua cabeça!

O menino não se deu por vencido. Pelo contrário, parecia ainda mais convicto em sua defesa.

— Além disso — o pequeno acrescentou, esperançoso —, temos testemunhas que confirmam nossa versão.

— Mas o que você pretende conseguir com tudo isso?

O garoto ficou calado por um instante.

— O que é que você quer? — insistiu o juiz.

— Quero ficar com a doutora Marinetti.

— Por quê? — o magistrado questionou, irritado. — Você não vê que está fazendo uma coisa sem pé nem cabeça?

— Nós precisamos um do outro — foi a resposta, proferida num tom seguro.

— Pois então ela que inicie os trâmites para a sua adoção! Ela me deixa louco com todos aqueles processos, e agora me vem com essa! — exclamou Bruno Panatta, arrancando a peruca e jogando-a sobre a mesa, enfurecido.

Adoção? Papéis, papéis e mais papéis. Montanhas de papéis. Além disso, fariam

objeções por causa da idade de Marinetti. Ela já devia ter completado mais de cinquenta primaveras. Ambos pensaram a mesma coisa, mas não disseram nada. Um silêncio carregado de tensão se instalou no gabinete. O magistrado encarava fixamente o menino de olhos negros.

— Então, o que me diz? — insistiu o juiz, incomodado. — Por que não pede que ela o adote?

O menino encolheu os ombros e esboçou um leve sorriso:

— Como ela vai me adotar se eu sou uma noz?

# Omar

Eu me chamo Omar. Meu pai era jardineiro, e minha mãe cheirava a canela. Ele desenhava animais com as folhas dos arbustos, e ela fazia uma massa deliciosa coberta de mel. O mar devorou os dois pouco antes de chegarem à praia. Eu os vi desaparecer enquanto boiava naquela casca de noz junto com outros desconhecidos. De nada serviram meus gritos, porque a água não tem ouvidos. Dos três, só eu usava um pequeno colete salva-vidas com meu nome. Minha mãe tinha escrito para que eu nunca o esquecesse.

## A especialista em tecidos

A segunda testemunha da doutora Marinetti era uma velhinha encurvada e de mãos habituadas a lidar com todo tipo de produtos têxteis.

— Senhora Lambert, poderia fazer a gentileza de nos contar com o que trabalha?

— Eu costurei, bordei e teci durante toda a minha vida — ela respondeu com serenidade. — Trabalho com a arte da confecção. Sou estilista e estudei em Paris.

— Então a senhora pode afirmar que seu sentido do tato é extremamente apurado?

— Com certeza — afirmou ela, resoluta.

— A senhora é capaz de distinguir qualquer textura com os dedos?

— Inclusive de olhos fechados.

— E me permitiria que lhe vendasse os olhos? — perguntou a doutora Marinetti, ao mesmo tempo em que sacava um lenço de seda do bolso.

— Protesto! — gritou o promotor público, levantando-se da cadeira. — Estão querendo fazer um truque barato de parquinho de diversões itinerante no tribunal!

— O promotor público tem razão, doutora — advertiu o juiz. — Não estamos no circo!

— Excelência, trata-se de uma comprovação necessária e pertinente — ela anunciou, bem séria.

O juiz comprimiu os lábios e aceitou. O que ela estaria tramando com aquele lenço? Não podia negar que estava intrigado.

— Prossiga — ele autorizou —, mas seja breve.

— Obrigada, Excelência.

A doutora Marinetti tapou as pálpebras da velhinha e depois fez um gesto silencioso para que seu cliente se aproximasse. O menino se posicionou a poucos centímetros das mãos da especialista. Com a ajuda da advogada, a testemunha passou os dedos pelo rosto que tinha diante de si e começou a sorrir.

— Muito bem, senhora Lambert — disse ela, retomando o interrogatório. — Com base em sua experiência com texturas, de que se trata?

O juiz e o promotor público trocaram olhares incrédulos.

— Isso está bem claro — a testemunha respondeu, segura de si, poucos segundos depois. — Já tentaram me enganar com coisas que não são tecidos antes, e sem dúvida nenhuma o que tenho nas mãos é uma noz.

— E em que se baseia para afirmar isso? — perguntou o magistrado, atônito, afastando outro cacho indomável de sua peruca branca.

— Estou me baseando na rugosidade, na sensação tátil inconfundível e no fato de ser ao mesmo tempo algo duro e frágil. É uma noz.

Rossana Marinetti abriu um sorriso satisfeito.

— Muito obrigada, senhora Lambert, pode remover o lenço dos olhos. Não tenho mais perguntas para a testemunha.

O promotor público pulou da cadeira como se ela estivesse cheia de formigas.

— Mas eu ainda nem comecei — gritou ele, desafinando um pouco. — E tenho uma pergunta para a senhora — acrescentou, olhando feio para a velhinha.

— Vá em frente! — incentivou o juiz.

— Senhora Lambert, a senhora tem alguma relação de amizade com a advogada?

— Não, de forma nenhuma.

— Não se esqueça de que a senhora está sob juramento — advertiu o juiz.

— Não tenho nenhum tipo de amizade com a minha vizinha.

— Então as senhoras não inventaram juntas essa encenação? — insinuou o promotor, venenoso.

— O senhor está me ofendendo! — retrucou a especialista em moda. — Todo mundo sabe que nem cumprimento mais a minha vizinha desde que ela me processou por causa do incômodo causado pelo barulho da minha máquina de costura.

— *Ohhhh!*

O assombro das pessoas presentes no tribunal era perceptível.

— É verdade — admitiu Marinetti. — Tenho ouvidos muito sensíveis e dificuldade para pegar no sono.

— E eu tenho uma janela de folha dupla que isola o ruído com perfeição — rebateu a senhora Lambert, contrariada. — Essa mulher

— ela continuou, apontando para a advogada com o dedo — me obrigou a instalar isolamento acústico nas paredes do meu ateliê, como se eu tocasse bateria lá dentro! Isso me custou um dinheirão! Quero que conste nos autos, ou seja lá como se chama isso, que não suporto nem olhar na cara dela!

— *Ohhhh!*

Os murmúrios no tribunal não paravam de crescer.

Essa atitude de Rossana Marinetti, pensaram todos, era inadmissível.

— Muito bem, acalme-se, senhora Lambert. Um pouco de ordem aqui, por favor! — o juiz deu uma martelada sonora, e a plateia silenciou. — Mais alguma pergunta para a testemunha?

O promotor público fez que não com a cabeça e baixou os olhos, que estavam ardendo tanto quanto as bochechas e as orelhas

pontiagudas. Estava vermelho como um pimentão, por causa de uma pergunta. Ele se metera numa enrascada e sabia muito bem disso.

# Senhora Lambert

Meu nome é Juliette Lambert, e não minto quando afirmo ter visto o menino cair da nogueira e que fui testemunha de um milagre. Naquela tarde ele estava sendo perseguido por três vândalos de uns catorze anos. Como eu sabia disso? Porque vi tudo da minha varanda. Por que estava olhando? Porque estava morrendo de tédio. Alguma objeção? Enfim, aqueles arruaceiros estavam bem em frente ao muro da casa da minha vizinha, a advogada insuportável.

— O ratinho está com medo! — zombou o maior deles. — Olha só com que pressa subiu na árvore!

— Vamos atrás dele? — perguntou um ruivo, arregaçando as mangas da jaqueta de couro.

— Está maluco? — disse o terceiro, que havia raspado a própria cabeça com a maquininha do pai, cometendo o que, na minha opinião, era um desastre capilar. — Essa é a casa da advogada chata! Minha mãe está respondendo a um processo movido por ela e está atolada até o pescoço com isso. Foi denunciada por deixar o carrinho de compras largado no estacionamento do supermercado várias vezes. Ela me disse que vai perder a causa e será obrigada a pagar uma nota. Estou fora!

Assim que ele acabou de falar, os cachorrões de Rossana, que estavam lá pelos fundos do jardim, começaram a correr como loucos. Ao escutar os latidos fortes cada vez mais próximos, o grandalhão mandou:

— Vamos embora! Eu achava que esses monstros peludos estavam presos!

E, antes de ir, com os olhos cravados na sua vítima, ainda gritou:

— Ratinho, ratinho, espero que eles devorem você e comam seu fígado!

Alguns segundos depois, o galho da nogueira se partiu, e o menino foi ao chão. E o mais surpreendente, o milagre, foi que os cachorros, em vez de atacá-lo, aproximaram-se dele e começaram a lamber seus tornozelos. Nesse momento, senti um cheiro de queimado. Eu tinha deixado a torradeira ligada. Corri para a cozinha apoiando-me na minha bengala. Quando voltei à varanda, o menino tinha desaparecido. Os cachorros também.

Na manhã seguinte fiquei esperando e vi-o por lá de novo. O garoto estava conversando com o vizinho e agachou-se para examinar

umas azaleias. Ficou assim um tempão. Esperei que o senhor Peterson voltasse para dentro de casa. Parecia que os dois tinham se despedido. Então, sem que ninguém me visse, decidi sair e atravessar a rua.

— Psiu! — chamei, de trás da cerca.

Ele parou de acariciar os cachorros e veio até mim. Sem dizer nada, joguei uma mochila por cima do portão. Fiquei com a sensação de que estava fazendo alguma coisa ilegal, secreta ou proibida.

— Meu único neto deve ter a sua idade — eu disse sem rodeios. — Mas odeia as roupas que lhe dou. Só quer coisas de marca.

— Ora! — ele respondeu, sem saber o que dizer.

— Ele diz que eu sou brega.

— Sinto muito — o menino falou, parecendo sincero.

— Pode ser que eu seja mesmo um pouco exagerada na combinação de cores — admiti a contragosto.

Ele se agachou e abriu o zíper. Pegou duas malhas de dentro da mochila. Uma cor de pistache e a outra, marrom com listras cor-de-rosa.

— Adorei — ele respondeu.

Em seguida tirou a malha que estava vestindo e pôs a de cor verde-pistache. Serviu direitinho.

— Também coloquei calças, meias e várias mudas de roupas — sussurrei num fio de voz. — No total, tem dez cuecas de algodão que meu neto não quis. Mas não se preocupe, elas nunca foram usadas — assegurei.

Ele voltou a sorrir. Seus olhos escuros brilhavam como se houvesse uma estrela lá dentro ou como se ele estivesse prestes a chorar.

## Olfato infalível

A terceira testemunha de Rossana era um homem com juba de leão e cheiro de cebola. E não trabalhava como cozinheiro.

— Senhor Gabrielli, poderia nos dizer o que faz da vida?

— Sou sapateiro.

— E conhece meu cliente?

— Claro.

— Viu quando ele caiu da nogueira?

— Não, eu não vi — o homem confessou.

O juiz Panatta respirou, aliviado. Finalmente uma testemunha que não tinha visto o menino cair da nogueira!

— Mas o senhor mora perto da minha casa, senhor Gabrielli — continuou a advogada.

— Sim, de fato, sou seu vizinho — ele respondeu, um tanto contrariado. — E também quero deixar registrado nos autos que não mantenho nenhuma relação de amizade com a advogada.

O promotor público suspirou, abatido. Era melhor que o depoente mudasse de assunto. No entanto, o sapateiro também decidiu contar sua história.

— Essa mulher me denunciou na primavera passada porque me confundi com as lixeiras da coleta de recicláveis. E a multa que recebi foi um escândalo!

— Muito bem — interrompeu o juiz em tom taxativo —, vamos nos concentrar no interrogatório, por favor.

Ele fez um gesto para que a doutora Marinetti prosseguisse.

— Senhor Gabrielli, já esteve com o meu cliente antes?

— Sim, em várias ocasiões. Na primeira vez que o vi, fiquei muito impressionado.

— Poderia nos explicar por quê?

— Ele apareceu com uns cachorrões enormes. E com os bolsos cheios de nozes.

— Protesto! — gritou o promotor público, enfurecido. — Esse detalhe não transforma ninguém em uma noz!

— Isso é tudo o que sua terceira testemunha tem a declarar? — questionou o magistrado.

— Ainda não terminei — respondeu ela, incomodada com a interrupção.

— Continue, doutora — o juiz apoiou os cotovelos na mesa e observou com atenção o sapateiro.

— Senhor Gabrielli, por favor... — insistiu ela.

— Tudo bem — disse o depoente, dirigindo-se ao promotor público —, esse detalhe não o transforma numa noz. Mas seu cheiro sim.

— O que está dizendo? — perguntou a advogada.

— Que seu cliente cheira a nozes, com toda a certeza. Logo que ele entrou na minha oficina, eu senti. E todos na vizinhança me conhecem pelo meu olfato. Sou capaz de distinguir perfumes, odores de plantas, peles, madeiras, cordas, tecidos... E nunca me engano.

— Ah, minha nossa! — suspirou o juiz. — Alguma pergunta para o depoente, senhor promotor?

— Não, Excelência.

— Não? — repetiu o juiz, intrigado.

Não, ele não tinha perguntas a fazer, pois conhecia a fama do sapateiro e de seu olfato na vizinhança. Porque uma vez tinha cruzado com ele na rua. Foi na primavera.

O promotor público tinha levado seu adorado gatinho para passear com uma coleira de veludo quando o sapateiro se aproximou, com

seus modos rudes, andando depressa. Passou por eles como um vendaval.

— Por favor, tenha cuidado! — o promotor o repreendeu, incomodado. — Você quase pisou no meu gato.

O senhor Fabrizio Gabrielli se virou, confuso. Tinha acabado de ser denunciado pela advogada Moretti por causa do lixo, e sentia-se como se tivesse levado um tiro.

— E o senhor — rebateu o sapateiro, irritado —, trate de trocar as meias!

O promotor público abraçou seu gato Renoir e ficou mortificado. Ele puxou pela memória. O sujeito tinha razão. Naquela manhã tinha se esquecido de trocar as meias. Que vergonha! O sapateiro o havia desmascarado. Sentindo-se humilhado, quando voltou para casa, constatou que de fato havia uma mancha em sua roupa de baixo. Por isso preferiu não fazer pergunta nenhuma. Por precaução.

## Omar

Lembro que fugi do centro de acolhimento porque tinha medo que me mandassem de volta para a guerra. Depois, fugi de três moleques que queriam me bater sem nenhum motivo, pulei um muro e, como um gato, subi no galho de uma nogueira. Caí da árvore e devo ter desmaiado. Amanheci na casinha de dois cachorros gigantescos e peludos que me protegeram do frio da noite. Comi a ração que dividiram comigo e bebi a água do esguicho do jardim. Num cobertinho do quintal encontrei uma tesoura, uma bacia e uma barra de sabão. Passei a manhã dando banho nos meus salvadores e tosando seus pelos.

Durante esses dias tive a sorte de conhecer um botânico meio solitário e muito legal. Ele ouvia os conselhos que eu dava para cuidar do seu jardim e me preparava o café da manhã. Ele me ajudou a entrar na casa de Rossana Marinetti. A primeira coisa que fiz, às escondidas, foi tomar um banho com água quente e muito sabão. Fechei os olhos e me lembrei dos meus pais. Engoli em seco. Escutei as bombas e o som do mar que engoliu os dois sem piedade. Afundei na banheira até sentir os pulmões prestes a estourar. Sentei-me rápido e comecei a chorar. Depois do banho, vesti a roupa que tinha ganhado de uma avó incompreendida pelo único neto.

Em sinal de agradecimento, decidi visitá-la naquela mesma tarde. Ela me disse que se chamava Juliette, mas que no bairro era conhecida como senhora Lambert. Ofereci-me para podar os arbustos do seu jardim nos

formatos que ela quisesse: uma sombrinha, um cachecol, uma meia... Ela observava tudo impressionada, e eu expliquei que meu pai era jardineiro. Um grande jardineiro, antes que a guerra acabasse com as flores.

A senhora Lambert não me deixou sair de sua casa sem me oferecer um lanche, e fez questão de me dar um presente. Ela me levou ao seu ateliê, e escolhi um lenço de seda.

— É de mulher — ela avisou.

— Eu sei.

Abri um sorriso e peguei-o nas mãos. Sem nenhum aviso, ela me abraçou com todas as forças. Disse que não via o neto fazia muito tempo. Foi o primeiro abraço que eu recebi desde que perdi meus pais. Ela me fez prometer que voltaria em outra tarde para tomarmos um lanche juntos. E eu voltei.

Durante essa semana, recolhi as nozes caídas no jardim da advogada, cortei a grama,

arranquei as ervas daninhas e pintei a cerca da entrada com uma lata de tinta que encontrei no cobertinho do quintal. Deixei sobre a cama o lenço de seda que tinha ganhado da senhora Lambert. Coloquei em ordem alguns livros da estante da sala e uma coleção de sapatos pretos e cinza. Numa tarde, ao sair para passear com os cachorros, tropecei nas correias e saí rolando como uma almôndega até a entrada da casa do vizinho. Algumas nozes que eu tinha guardado nos bolsos caíram e perderam-se na mesma velocidade descontrolada que eu. Parei aos pés de um sapateiro. Ele tinha cheiro de couro e cebola.

— O que você está fazendo aqui? — ele me perguntou de um jeito brusco, fazendo um gesto com a mão para que os cachorros não entrassem na sua oficina.

Os dois obedeceram sem hesitar e deitaram na calçada.

— Não sei. Cheguei aqui rolando — expliquei, tentando me levantar o mais rápido possível.

— Isso eu vi. E, além de girar como um pião, você tem alguma outra habilidade? — perguntou Fabrizio Gabrielli.

Dei uma olhada nas nozes ao meu redor.

— Sei fazer sobremesas deliciosas — improvisei.

— Sobremesas? — ele perguntou com um súbito interesse. — Que tipo de sobremesas?

— Doces finos, com recheio de nozes e passas. Ou bolo de massa fofinha, de tâmara com laranja.

— Que maravilha! — exclamou o homem em tom de desespero. — Desde que minha mãe se apaixonou por um jogador de rúgbi e foi morar na Austrália com ele, só me alimento de batatas cozidas, sopa de cebola e latas de conservas. Sou um desastre no fogão!

— Já eu adoro cozinhar.

Ele me convidou a entrar na cozinha. Tinha todos os ingredientes necessários, apesar de não saber usá-los. Me ofereceu um avental com o desenho de um caranguejo, e durante algumas horas preparei vários tipos de doces. Fui embora ao anoitecer e cheguei à casa pouco antes de Rossana. Nessa noite não tive tempo de jantar, e me escondi no armário de um quarto muito antigo. Foi lá que improvisei uma cama com alguns cobertores. De lá era possível escutar o barulho dos saltos da dona da casa sobre o piso de madeira e o ronco da minha barriga faminta. Por uma fresta no armário dava para ver na parede o retrato de um velhinho de toga que parecia me vigiar sem dizer nada.

No dia seguinte, ao meio-dia, o sapateiro apareceu de surpresa na casa da temível

advogada. Tinha ido me buscar. Abri a porta e recebi um abraço de esmagar os ossos.

— Estou muito emocionado! — ele repetia.

Disse que havia derramado lágrimas ao comer meus biscoitos de nozes, que nunca tinha provado nada igual na vida, que meus doces eram os melhores do mundo. E que era a primeira vez, desde que sua mãe tinha saído de casa, que alguém cozinhava para ele. Por isso me levou de novo à sua oficina. Lá me mostrou com orgulho o que havia fabricado nos últimos meses.

— Escolha os sapatos que mais gostar! — incentivou. — Ande logo, pode pegar o par que quiser!

Tentei recusar a oferta.

— Não precisa fazer isso, de verdade.

— Se não escolher nenhum, vou tomar isso como uma ofensa! — ele exclamou, muito sério.

E não estava brincando.

— Posso ver essas? — perguntei.

Ele me olhou com uma expressão de estranhamento.

— São de mulher — respondeu.

— Eu sei. Só quero ver o número.

Eram perfeitas para ela. Nessa mesma tarde, coloquei as botas vermelhas no quarto de Rossana. À noite, escondido no velho armário de madeira, escutei sua risada pela primeira vez desde que havia entrado naquela casa.

## **Pausa para comer**

O juiz consultou o relógio de pulso. O depoimento do sapateiro o deixara sem reação. "Cheira a nozes." Ele tinha falado exatamente isso. E com um tremendo descaramento. Voltou a ajeitar a peruca. Que manhã! Três testemunhas: um botânico de reputação irretocável, uma idosa especialista em moda e um sapateiro conhecido por seu olfato. Os três confirmavam a versão absurda da doutora Marinetti: "Meu cliente é uma noz".

Além disso, considerando que a relação deles com a advogada não era exatamente cordial, o que os motivava a defender com tanto afinco aquele cliente? Os três teriam perdido o juízo ao mesmo tempo? Ela os teria ameaçado com novos processos? Ele alisou o bigode, pensativo... Não, aquilo não parecia chantagem. Também não acreditava que as testemunhas tivessem recebido dinheiro para mentir em juízo. Então, por que estavam fazendo aquilo?

A voz da doutora Marinetti o arrancou de seus pensamentos:

— Solicito a convocação da minha próxima testemunha.

O magistrado fechou os olhos e esfregou as pálpebras por trás dos óculos. Em seguida soltou o ar com força. Estava farto até os últimos fios de cabelo da peruca. Ele segurou o martelo entre os dedos. Quando acabaria aquele suplício?

— Não, doutora — ele respondeu em tom solene. — Vamos fazer uma pausa para comer. O julgamento será retomado às quatro da tarde. Sessão suspensa! — anunciou, dando uma forte martelada na mesa.

## O gato do promotor público

Foi durante a pausa para o almoço que o gato do promotor público escapou, aproveitando que ele tinha aberto a janela do gabinete para fumar às escondidas. De lá, o felino pulou para o telhado do tribunal. Os gritos do seu dono alertaram todos os presentes no julgamento. Mas o único que se atreveu a sair por uma janela do corredor, antes que alguém pudesse detê-lo, foi o cliente da doutora Marinetti.

— Noz, venha aqui! — gritou a advogada, aterrorizada.

Desobedecendo aos mais velhos, que berravam, alarmados, o menino seguiu adiante e foi avançando sobre as telhas com todo o cuidado. O gato miava, assustado. Omar ficou quietinho, agachou-se e olhou-o bem nos olhos. Após alguns segundos intermináveis, o animal começou a caminhar em sua direção bem lentamente. E, para alívio de todos, o bichano deixou Omar acariciá-lo de leve e acabou se aninhando no peito do menino.

Da sacada de seu gabinete, o juiz assistia a tudo com espanto. Obviamente, pensou, segurando a peruca, o menino era valente. Isso era inegável. Quem arriscaria a própria vida dessa maneira por um animal? O promotor público, que se esgoelava na janela, ficou impressionado e calou-se. O gato Renoir era arisco e não atendia a chamados de estranhos. Como era possível que se deixasse abraçar por um desconhecido que, além do mais, murmurava palavras em um idioma que o animal não entendia? Com a mesma cautela e agilidade demonstradas para subir no telhado, Omar voltou ao interior do edifício e devolveu Renoir são e salvo ao seu dono. O queixo do promotor público ainda tremia por causa do medo que havia sentido e de um sentimento que tentava ocultar a todo custo. A partir desse dia, parou de fumar para sempre.

# Omar

Meu nome é Omar. Pensei que tivesse perdido tudo quando uma mina terrestre matou o meu avô, quando destruíram a minha escola, quando demoliram a minha casa. Isso foi só o começo. Achei que ia morrer no mar junto com meus pais. Em algumas noites, no centro de acolhimento, desejei com todas as minhas forças ter me afogado junto com eles. Mas minha mãe tinha razão. Ela me garantiu que eu chegaria à praia. E foi o que aconteceu.

# Reviravolta inesperada

Uma hora mais tarde, após o incidente com o gato Renoir, o julgamento foi retomado.

Quando todos se acomodaram em seus assentos, a doutora Marinetti solicitou a entrada de sua quarta testemunha.

Contrariando todas as expectativas das pessoas presentes, o juiz rechaçou o pedido.

— Sinto muito, doutora. Não vou admitir o depoimento de mais testemunhas defendendo seu cliente.

— Não estou entendendo, Excelência.

— Isso vai acrescentar algo novo à sua linha de defesa? Ou vamos continuar escutando relatos absurdos confirmando que esse menino é uma noz?

— São depoimentos que reforçam a aplicação do artigo 564 da Lei de Propriedade Privada de 1879, que estabelece que qualquer fruto de uma árvore que caia em uma determinada propriedade pertence ao seu dono.

— Improcedente!

— Protesto, Excelência! — exclamou a advogada.

— Protesto negado! — declarou o juiz, dando outra martelada na mesa.

Em seguida, voltou-se para o promotor público.

— Gostaria de começar o seu interrogatório?

— Claro, Excelência.

— E quem o senhor quer chamar para depor primeiro?

O promotor se virou para o menino silencioso.

— Quero ouvir o depoimento de Omar H.

O juiz fez um gesto para que ele se levantasse, e o menino se sentou no lugar indicado.

— Você poderia me dizer seu nome?

O cliente olhou para a advogada com os olhos marejados.

— Por aqui sou conhecido como Noz.

— Mas esse é seu verdadeiro nome?

— Não, eu me chamo Omar — ele reconheceu. — Apesar de ser uma noz, além de um menino.

— E como isso é possível? — questionou o promotor.

— Porque atravessei um oceano em uma casca de noz, porque caí de uma nogueira e porque foi assim que me batizaram nesta terra.

— De onde você vem?

— De um lugar que o senhor não iria querer conhecer.

— Por que não?

O menino o encarou, bem sério.

— Não imagino que o senhor fosse querer morrer queimado no meio das chamas ou esmagado pelos escombros depois de um bombardeio. E também não iria querer ver aquela terra morta, e o céu cinzento. Venho de um lugar errado por culpa dos mais velhos.

— O que você quer dizer com isso?

— Aquele não era o meu lugar. Minha mãe me dizia que as crianças têm o direito de crescer como as flores.

— Sua mãe tinha razão — respondeu o promotor público, constrangido.

— Eu só vim procurar o meu lugar.

— E a casa da doutora Marinetti é o lugar certo para você?

— Sim, senhor.

O homem encarou com intensidade seus olhos escuros.

— Não tenho mais perguntas para o depoente — ele anunciou de forma repentina.

— Já terminou seu interrogatório? — perguntou o juiz, incrédulo.

O promotor público ajeitou a gravata.

— Sim, Excelência. Além disso, gostaria de retirar todas as queixas contra o cliente da advogada de defesa.

— Como assim? O que o senhor quer dizer com isso?

O promotor se sentou com uma postura cheia de dignidade.

— Eu também acredito que ele seja uma noz.

# **Omar**

Uma noite alguém abriu a porta do velho armário. Era uma advogada implacável que me tomou nos braços e me deitou na cama do seu avô. Sussurrou para mim que não precisava me preocupar com nada, que tinha uma ideia para me ajudar. Nesse mesmo dia, a polícia tinha batido na sua porta. E ela garantiu que não vira menino nenhum rondando a sua casa nas últimas semanas. Depois que viram os homens indo embora de mãos vazias, alguns vizinhos foram à casa de Rossana. Primeiro o botânico; em seguida a avó estilista; depois o sapateiro... Quase todos afirmavam que eu tinha caído da nogueira como uma noz e que fariam de tudo para me proteger.

# A confissão da senhora Lucato

O promotor público anunciou de forma repentina e definitiva que havia terminado seu interrogatório. E ainda por cima admitia que o menino era uma noz. O juiz estava escandalizado. Aquilo era inadmissível! Estavam zombando da sua cara desde as primeiras horas da manhã. E isso ele não podia permitir!

— Promotor, exijo que se aproxime da banca agora mesmo!

O promotor obedeceu e foi até o juiz.

— O senhor não tinha uma testemunha importantíssima para o caso? — perguntou.

— Tinha, sim — ele reconheceu.

— Pois vá interrogá-la!

— Mas...

— É uma ordem! — rugiu o juiz. — Quero ouvir o depoimento da sua testemunha.

— É uma mulher — sussurrou o fiscal.

— Mande-a entrar!

A mãe do menino de cabeça raspada de forma improvisada apareceu no tribunal.

— Seu nome é Claudia Lucato — começou o promotor público —, e ela afirma que seu filho viu o cliente da doutora Marinetti fugir do centro de acolhimento para refugiados.

— Isso mesmo — ela confirmou, convicta.

— Tem certeza de que é o mesmo menino que está aqui no tribunal?

— Sim, meu filho o descreveu com todos os detalhes.

— Que detalhes, por exemplo? — o promotor questionou.

— Ele me disse que era um imigrante de pele e olhos escuros, e que estava correndo como se tivesse aprontado alguma.

— E o que seu filho fez?

— Foi atrás dele junto com dois amigos até a casa da advogada, para tentar detê-lo.

— Não fizeram nada mais além disso? — pressionou o promotor.

— Acho que só o seguiram mesmo.

— De acordo com o depoimento da senhora Lambert, que estava na varanda de casa nesse momento, seu filho e os amigos dele queriam bater no menino, e ameaçavam-no com gritos. Inclusive, um deles desejou que os cachorros do quintal o devorassem.

— Estranho muito que eles possam ter dito algo assim — respondeu ela com ar de ofendida.

— Além disso, seu filho se referiu à doutora aqui presente — ele insistiu, apontando para Marinetti — como "aquela advogada chata".

A mãe do menino se remexeu na cadeira, incomodada.

— Não é verdade, senhora Lucato — continuou o promotor público —, que a senhora odeia essa mulher do fundo da sua alma?

O juiz arregalou os olhos. O que a acusação pretendia com aquelas perguntas?

— Eu não... — a testemunha começou a balbuciar, cada vez mais nervosa.

— E não é verdade que há um processo ainda pendente em que a doutora Marinetti a denunciou recentemente por ter deixado o carrinho de compras largado no estacionamento do supermercado várias vezes, ignorando suas advertências?

— Sim — a testemunha reconheceu com os dentes cerrados.

— Então a senhora odeia a advogada? Diga a verdade!

— Sim, eu odeio essa mulher com todas as minhas forças! — explodiu a senhora Lucato, e uma veia se inchou em seu pescoço.

— Sem mais perguntas, Excelência — concluiu o promotor.

O juiz respirou fundo. Sentia que estava ficando sem ar. Aquela última testemunha o havia deixado atordoado.

— Continuamos amanhã! Sessão suspensa! — ele deu uma pancada tão forte na mesa que um pedaço do martelo saiu voando e aterrissou aos pés do promotor público.

# Bruno Panatta

Meu nome é Bruno Panatta e sou juiz. Estou perto de me aposentar e mal vejo a hora de finalmente me libertar desse tormento. Acabei envolvido no julgamento de um menino que chegou como refugiado de guerra e escondeu-se numa nogueira. A linha de defesa da doutora Marinetti me deixou fora de combate desde o início, claro. Uma lei sobre propriedade privada de 1879? De onde ela havia tirado aquela loucura?

Como se não bastasse, logo vieram os depoimentos das testemunhas confirmando que o menino era uma noz, as palavras de Omar e a mudança de postura inesperada do promotor público, que passou para o lado da criança. Com as coisas nesse estado, e a cabeça latejando, saí do tribunal e fui para casa com a sensação de que merecia um bom descanso. Tinha sido um dia demolidor. E, na manhã seguinte, precisaria tomar uma decisão sobre aquele caso.

Nessa noite, quando entrei na sala de casa, vi que meu filho chegara mais cedo, e a mesa do jantar já estava posta. Antes que ele viesse me receber, uma das minhas netas, de cinco anos, pediu-me para sentar numa poltrona e acomodou-se no meu colo.

— Vovô, me conta uma história?

Fiquei em silêncio. Não sabia o que dizer.

— Posso contar uma? — ela me perguntou, animada.

— Pode, sim.

— É a história de uma menina-peixe — ela começou com um ar misterioso, olhando-me bem nos olhos. — Durante muito tempo, um barco terrível a perseguiu para capturá-la em sua rede. Então ela fugiu junto com os outros peixes para salvar sua vida. Só ela conseguiu pular para fora da água, e quando caiu na praia se transformou numa delicada borboleta.

— Mas ela é uma borboleta ou uma menina? — perguntei, confuso.

— É as duas coisas ao mesmo tempo.

— Ah, sim, claro — sorri —, é um conto da carochinha.

— Não é um conto da carochinha! — ela rebateu, incomodada. — É uma história. E você vive me dizendo que eu sou uma borboleta.

— E é mesmo — confirmei.

Eu a levantei nos braços e a fiz voar por cima da minha cabeça. Pensei nas palavras da mãe de Omar e sorri. Era verdade, Valéria era uma borboleta e tinha o direito de crescer entre as flores.

## A história de uma amendoeira

Depois do veredicto, o juiz ordenou a Rossana que fosse até seu gabinete para tratar de algumas questões em uma conversa particular.

— Muito bem — ele começou, inclinando-se sobre a mesa —, a senhora conseguiu o que queria, como de costume. Permita-me dizer, doutora, que me deixou totalmente pasmado. Mas, antes que se retire do tribunal, eu gostaria de esclarecer algumas coisas.

A advogada apertou com força a malha vermelha contra o peito.

— Em primeiro lugar — ele começou em tom solene —, Omar vai precisar ir à escola junto com os outros meninos da sua idade.

E, uma vez por mês, a senhora vai passar na minha casa para me contar como ele está se saindo.

Ela balançou afirmativamente a cabeça.

— Em segundo lugar — prosseguiu, com um tom de quem dava uma ordem incontestável —, a senhora vai deixar de processar seus vizinhos a torto e a direito. Estou cansado de tantas bobagens e tanta papelada. Céus, deixe-me tranquilo até a minha aposentadoria!

— Concordo — ela aceitou, envergonhada. — E prometo também retirar todas as denúncias pendentes.

Ele abriu um sorriso satisfeito, tirou a peruca e deixou descoberta uma careca reluzente.

— E em terceiro lugar — continuou, inclinando-se um pouco mais sobre a mesa, observando-a com curiosidade —, de onde veio essa ideia de recorrer àquela lei para defender esse caso?

— Posso me sentar? — ela perguntou, aproximando-se de uma cadeira.

— Claro, doutora.

— Não sei se o senhor sabe, mas o meu avô era advogado — começou a doutora Marinetti.

— Sei, sim, e disseram-me que tinha fama de vencer as causas amparando-se em leis bastante curiosas.

Rossana esboçou um leve sorriso. Sim, seu avô era assim mesmo.

— Pois bem, uma vez, muitos anos atrás, ele foi advogado de defesa num caso bem peculiar. Nessa época, eu ainda nem era nascida. A questão envolvia um bebê que haviam encontrado abandonado num cesto pendurado num galho de uma amendoeira.

O juiz inclinou a cabeça. Estava intrigado, mas ficou em silêncio, esperando que a doutora Marinetti continuasse sua história.

— O menino apareceu num galho da amendoeira do jardim de um casal que não podia ter filhos.

— Entendi...

— Então o meu avô recorreu à lei...

O juiz a interrompeu, todo sabichão:

— E conseguiu convencer o tribunal de que o menino era uma amêndoa.

A advogada abriu um sorriso largo. Enquanto contava aquele caso extraordinário, lembrava-se de seu avô. Sim, de fato, ele conseguira convencer a todos.

— Parece balela, não é? — ela disse, cravando os olhos em Bruno Panatta.

— E não é? — ele questionou, tentando adivinhar os pensamentos da advogada.

— Não, não é balela... por mais que possa parecer — respondeu a doutora Marinetti. — Essa é a sua história, senhor juiz.

# Omar

Me chamo Omar e cresci entre as flores. Às vezes tinha pesadelos com o mar, e Rossana me abraçava no meio da noite e enxugava as lágrimas que me desciam pelo rosto.

Nunca me esqueci do cheiro de canela da minha mãe, nem das mãos do meu pai, nem das palavras usadas no lugar onde nasci. Cresci longe do fogo da guerra e sobrevivi a um naufrágio. Fui para a escola e lá conheci uma menina chamada Valéria, que tinha asas de borboleta. Um dia, ela me contou que o seu avô era uma amêndoa.

## Algumas palavras da autora sobre a obra

Omar pode ser qualquer um de nós em determinado momento ou circunstância. Nunca haverei de entender que se queira barrar o caminho de alguém, assustado e fugindo da morte, erguendo um muro ou tirando partido da vastidão do mar. Parece-me uma mostra de total desumanização. As crianças têm o direito de crescer em paz, como as flores.

Escrever sobre isso foi uma ideia que surgiu há alguns anos e que comecei quando finalmente visualizei as cenas surrealistas de um julgamento, intercaladas com as histórias dos personagens de *Eu sou uma noz*, inclusive os vizinhos que servem de testemunha. Meu processo criativo sempre parte de imagens. Optei por uma noz porque é um pequeno cérebro que encerra nossos sonhos e pensamentos. E também por sua dualidade: sua força aparente e sua fragilidade. E, finalmente, pela imagem de uma casca de noz no meio do mar, um barco à deriva.

*Eu sou uma noz* é uma história de sobrevivência, sagacidade e humor. A advogada Marinetti e Omar têm algo em comum: ambos são sobreviventes, órfãos, e precisam um do outro. A diferença é que o menino opta pela bondade, e a advogada, pelo rancor. Por esse motivo, não se cansa de fazer denúncias. Todos os vizinhos são personagens solitários que aprendem de Omar a inocência e a capacidade de confiar; e aprendem também que a sagacidade e o humor são poderosas armas de sobrevivência.

Beatriz Osés